KB140484

망부석

김석주 시조시집

도서출판
작가마을

김석주 시조시집 **망부석**

초판인쇄 | 2018년 8월 15일   **초판발행** | 2018년 8월 20일
지은이 | 김석주   **주간** | 배재경   **펴낸이** | 배재도   **펴낸곳** | 도서출판 작가마을
등 록 | 2002년 8월 29일(제 2002-000012호)
주 소 | 부산광역시 중구 대청로 141번길 15-1 대륙빌딩 301호
        T. 051)248-4145, 2598   F. 051)248-0723   E. seepoet@hanmail.net

ISBN 979-11-5606-107-6 03810 : ₩10000

이 도서의 국립중앙도서관 출판예정도서목록(CIP)은 서지정보유통지원시스템 홈페이
지(http://seoji.nl.go.kr)와 국가자료공동목록시스템(http://www.nl.go.kr/kolisnet)에서
이용하실 수 있습니다.(CIP제어번호: CIP2018024511)

망부석

김석주 시조시집

꼭 써보고 싶었습니다.

인생에 대하여

실용주의

무엇을 얻기 위해

어떻게 살아야 하는 것인지

같이 한번 고민해 보고 싶었습니다.

어떻게 사는 것이

잘 사는 것인지

나름대로 고민하며

쓴다고 써보았습니다.

2018년 초여름
해운대 낙천대에서

김석주 시조시집

• 차례

망부석

망부석

김석주 시조시집

01

—

달맞이. 꽃이 피어 밤새워 빌어 봐도

무정한 님은 아직 그 소식이 감감하고

개 짖는 저 소리소리

애간장을 끓게 하네

남해탐구探究

부산 앞 이 바다를 눈여겨 살펴보면
낙동강 굽이굽이 고향 물이 흘러들어
어머니 그 땀 냄새가
구수하게 풍긴다네

밭고랑 들길마다 민초들의 눈물자국
자국마다 한숨들이 빗물에 씻기어서
흐르는 강물이 되어
이 바다에 모였느니

그 모습 아롱이고 그리움이 밀려올 땐
바다 이 철썩이는 파도 속의 추억 찾아
님들의 한 많은 사연들을
들춰보며 합장하네.

새벽달

가슴에 담아둔다
새벽녘의 둥근 달

님 인 듯 밤새워서
우리 곁을 지켜주신

어머니
그 손길 같은
따스한 미소 한 줌

민들레

민들레 약재藥材라고 누가 그리 말 했던가
사방에 씨 날려도 생명 잇기 힘 붙이니
상생이 복된 길이라
별들이 일러주네

민중의 삶과 같은 끈끈하고 질긴 생명
힘겨운 세월들을 너를 보며 이겨냈던
젊은 날 그 고초苦楚들이
행복의 길잡일세

밟혀도 일어서고 짓밟혀도 꽃 피우는
끈질긴 생명력에 눈물겨운 삶의 여정
백의白衣의 그 순결함이
우리 민초 상징일세.

겨울 해운대

해운대 솔밭 길에 텃새들이 시를 읊어
틈나면 바닷가를 서성이고 머무는데
오늘은 직바구리 한 쌍이
벗이라 반겨주네

젊음도 한때라며 겨울로 가는 세월
해운대 백사장엔 추억 홀로 나부끼며
황혼의 긴 그림자를
폿대처럼 펄럭이고

봄 여름 가을 그 좋던 시절 다 지나고
갈매기 떼 돌아오는 초겨울 이맘 때면
오가는 철새들의 노래가
짠한 가슴 달래주네

기다리는 마음

달맞이, 꽃이 피어 밤새워 빌어 봐도
무정한 님은 아직 그 소식이 감감하고
개 짖는 저 소리소리
애간장을 끓게 하네

모기떼 활개 치는
별 없는 그믐밤에
등잔불이 깜박깜박
광풍이 춤을 춰도
미소 띤 님의 그 모습
때가 차면 보게 되리

오가는 세월 속에 끝이 없던 세상풍파
하루해가 고달파도 기다리는 님이 있어
사는 일, 이 모든 고초苦楚
벗인 듯 맞이하리.

희망가

아주 참 소중한 건
지금이다 이 순간
지나간 추억들이
오늘날의 거울 되듯
여기 이
꽃다운 사연들이
꿈나라를 만드나니

젊어서 하는 고생
사서도 한다는 건
소중한 근검절약勤儉節約
곧은 정신 인간미는
돈과도
살 수가 없는
교육이라 여김이니

무심타 하지 말고
절망도 하지 마라

가난과 아픈 사연
겪고 나면 깨닫느니
참사랑
그 보배들이
고난 속에 있다는 걸.

알밤을 까먹으며

가을철 산행 길에
알밤을 까먹는데
껍질을 벗기고
또 벗기는 수고로움
인생의
그 보람처럼
고진감래苦盡甘來 눈물겹다.

고슴도치 가시 같은
각질 속의 맛나 열매
깎으며 찔리면서
참고 견딘 인내 끝에
알밤의
달콤한 맛을 보며
삶의 이치 깨우친다.

봄꽃들의 비밀

개나리 꺾어다가 상하(常夏)땅에 심었더니
나무는 살았어도 꽃 보기가 어려운 건
겨울 그 고통의 날이 없었기 때문이니

절망이 꿈이 되고 아픔이 행복 되는
세상일 알 수 없다, 모진풍파 원망마라
봄꽃이 저리도 예쁜 건 설한풍의 덕이라네

찬바람 모진세월 겪어나 보았는가
슬픔이 고통 되어 지새운 겨울 긴 밤
세월이 흐르고 보니 그런 날이 보배일세.

풀꽃

그대 참 소중하다
밤하늘의 별처럼

비바람 모진 풍파
다 맞고도 꽃피우며

가난한 우리들에게
꿈이 되 준 우상이여

가을 단가

정성껏 씨 뿌리어
땀으로 가꾼 세월

오곡이 익어가며
삶의 이치 깨우치는

자연의 위대한 섭리를
들국화가 노래하네.

꽃 지고 흔적 없고
철새들이 웅성이고

뒹구는 낙엽 속에
님 얼굴이 아른아른

무서리 휘날리던 밤에
노송 홀로 잠 못 드네.

고향
  - 20161108

그곳에 가면 아직 어머니의 눈물자국
구수한 땀냄시가 모락모락 피어올라
두 눈 꼭 감을 때마다
고향산천 돌고 도네.

길고 긴 타향살이 허둥대다 돌아보니
세월이 야속하여 어느새 백발이요
님은 다 어디로 가고
홀로 어이 남았는지 · · ·

그곳에 가면 아직 그리운 이 얼굴들과
못다 한 우리사랑 별빛처럼 아롱이어
오늘도 저 고향하늘
눈을 감고 바라보네.

안부

내외종 여동생이 안부전화 걸어 왔네
오빠야 하는 소리 너무나도 감동이라
백발의 나이를 잊고서
홀로 눈물 훌쩍이네

눈감고 돌아보니 어제 같은 추억들이
서산의 노을처럼 눈부시게 피어나고
일흔 해 그 꿈같은 세월이
아롱이며 춤을 추네

전화도 할 수 없고 찾아도 볼 수 없는
머나 먼 그곳으로 님 들이 가 계시어
해묵은 문안 인사를
기도로 띄워보네.

2017. 1. 1

연안沿岸항의 일상

고깃배 바다 멀리
앞만 보며 떠나가고
보였다 사라지는
파도 속의 임을 보며
연안항 저 아낙네들
애간장을 녹인다네

긴 세월 고기잡이
천직 인 듯 정이 들고
자식들 학비에다
일용양식 거두었던
백발의 노 어부에겐
바다가 황금들판

고깃배 찰랑찰랑
만선하여 돌아오면
포구엔 웃음바다

활기가 넘쳐나고
식구들 밥상머리엔
웃음꽃이 만발하고

시 열매

시詩 속에 달린 열매
따 먹은 적 있으신가
새콤한 사랑열매, 어떤 시엔 보약열매
꿀 보다 더 맛 나는 게
시 열매 그거라네

누구는 시를 읽고
세상이치 깨우치고
어떤 이는 시 속에서 행복의 길 찾는다는
시속의 풍성한 열매
따 먹는 이 주인 일세

시 열매 고소한 거
위로와 진리열매
삶의 길 열어주는 등불 같은 목소리는
그래도 살아야하느니
그 말씀이 절정絕頂이다.

목욕탕에서

몸뚱이 씻는 일이
땀이 나고 힘들어도

이삼일이 멀다하고
씻고 또 씻지마는

마음 때
쌓이고 쌓인
이 절망은 어찌 할꼬

이별

백년지기 허물없던 고향친구 보내놓고
혼 술을 마시면서 이별주를 따르자니
더불어 함께한 사연들이
꽃비처럼 쏟아지네

잘 가게, 잘 가시게 하늘 길을 쳐다보며
혼자 괜히 손 흔들며 보내놓고 돌아보니
사랑의 그 흔적들이
별꽃처럼 눈부시네

세상 인연 잠깐이요 부질없다 말하지만
지난날을 떠올리며 삶의 이치 깨우치며
남은 자 바치는 기도가
인정人情의 진국일세.

설날의 추억

섣달의 그믐밤이 어찌 그리 길던지요
머리맡의 새 운동화 새 양말이 신고 싶어
한밤 내 잠 못 들고서
불침번을 섰었지요

친인척 모여들고 이웃사촌 함께하며
새날의 비나리를 수인사로 대신하고
널뛰기 윷놀이하며
웃음꽃을 피웠지요

밤새워 내린 눈에 백옥 같은 세상 풍경
그런 삶이 꿈이었던 지난날을 돌아보니
과수댁 굴뚝연기가
수묵화로 피어나네.

겨울 해운대에 와서

무심한 겨울바다
백사장을 찾았더니
봄여름 좋던 시절
눈앞에 아롱이어
북풍의 이 찬바람도
다정하게 스쳐가네

매정한 세상인심 화살처럼 못 박혀도
속으로 삭이면서 하루 이틀 지난세월
이제야 뒤돌아보니 황혼 빛이 장엄하다

전생에 원수끼리
부부가 된다는 말
그 말이 사실인지
파도에 물어보며
참는 자 이긴다 했다는
그 한 말을 얻고 간다.

산방거사 山房居士

솔향기 새소리가
벗인 듯 다정하나

끊을 수 없는 것이
희로애락 세상 인연

눈감고 바라다보니
무릉도원武陵桃源 길이 멀다.

겨울산사에서

겨울 또 한밤중에
새벽인가 창을 여니
중천의 둥근달이
미소로 반겨주던
잠 못 든
겨울 이 한밤을
홀로 앉아 님 그리네

밤새워 문풍지가 철새처럼 우지지고
처마 밑 풍경소리 한겨울을 알리는 듯
한해의 저무는 밤이
어이 이리 황망慌忙한고

사람일 알 수 없던
수많은 지난날에
사연도 가지가지
잊혀 지지 않은 일들

세상일

가슴 아팠던

병신년丙申年이 가고지고

2016. 12. 31

사람 구경

쌍그네 선남선녀 씨름 구경 좋다 해도
더 좋은 건 사람 구경 오월단오 흥겨운 날
양반네 콧대를 꺾던
마당놀이 통쾌한 거

오일장 장마당에 멀리서 온 사돈 만나
국밥집 막걸리잔 가고 오는 정리情理 속에
세상일, 사람 사는 얘기
질퍽했던 고향장터

해운대 바닷가의 빈 의자에 홀로 앉아
오가는 청춘남녀, 구별 못 할 국적인들
모두가 정겹고 활기찬
사람 구경 흥미롭다.

아이들

색동 옷
입혀보니
반짝이는 별이 되고

한 열흘
있다 보면
몰라보게 자란 모습

봄날의
단비와 같은
새 희망의 불씨니

김석주 시조시집 **1**

02

—

얄미운 꽃샘바람 무소불위 동장군에

무참히도 짓밟히는 이 땅의 풀들이여

하늘만 바라다보는 그 눈빛이 애처롭다

조국

   - 2012 대선정국을 보며

충무공 목숨 바쳐 구해낸 조국인데
어이타 사리사욕 변함없는 사색당파
우러러 저 하늘보기가
부끄럽지 아니한가

주위의 국제정세 급박하게 변하는데
그때나 지금이나 당리당략 못난이들
조국을 병들게 하니
물러남이 애국이다

아니요, 할 수 있는 충신은 간데없고
잔챙이 못난 것들 벼슬아치 구걸하며
양¥인냥 탈을 쓰고서
조국祖國산천 더럽히네.

남해 고찰考察

수시로 맹수처럼 야밤중에 출몰하여
양민들의 금쪽같은
알곡식을 뺏어가던
모양새, 그 짐승 같은 흉측했던 왜구 떼

남의 것 탐해보니 재미가 들었는지
칼 든 손 휘두르며 못된 짓만 골라하다
끝내는 남해 이 바다를
피눈물이 들게 했지

임진년 이 바다로 왜적들이 침략하여
우리 땅 금수강산
초토화를 만들었던
7년여 그 몹쓸 세월 잊어서는 안 되느니

망부석望夫石

우리 님 바다 멀리 왜국으로 끌려가며
돌아올 기약 없고 피눈물만 쏟으시던
그 모습 못 잊어 울다
망부석이 되었다네

이제나 돌아올까
날이 새면 만나볼까
그립고 보고팠던
기나긴 세월 속에
어느 날 단 한순간도
잊은 적이 없는 얼굴

분하고 원통하다 나라 잃은 서러움에
꿈마다 울부짖던 임의 모습 애처로운
우리 님 기다리며 울다
망부석이 되었다네.

역사의 소리

아침 해 밝아오니
우리 하늘 눈부시고
황혼이 붉게 타니
하늘빛이 장관이라
동방의
저 등불 같은
평화의 길잡이여

시조時調창 사물놀이
울고 웃는 판소리에
말뚝이 각시 탈에
어깨춤이 절로 나는
속 깊은 우리 문화유산
이 땅의 긍지로다

외침外侵이 잦아들 땐
목숨 걸고 지킨 나라
나라 없인 내가 없고

네가 없인 우리 없던
역사다
저 우렁찬 소리
선조들의 함성이다.

강물처럼

압록강 굽이굽이
서해로 흘러들어
한강 물 대동강과
얼싸안고 하나 되어
춤추는
저 서해바다
볼수록 장관일세

아무렴 못 하리까
니들보다 못 하리까
우리 땅 금수강산
잘린 허리 다시 이어
에루화
가슴 확 풀고서
웃음꽃을 피워보세

강물이 흘러들어
바다를 이루듯이

우리 사랑 흘러 모여
평화통일 일구어서
겨레의
이 묵은 소망
강물처럼 풀어보세.

아내의 기도

– 기미년 독립투사의

광풍이 으스대는 등불 아래 홀로 앉아
사립문 삐걱이는 그 소리 기다리며
눈물로 서찰書札을 쓰도
보낼 길이 없나이다.

북간도 그 먼 나라 무엇 하러 가신 건지
한마디 말없이도 그 마음 알듯하니
대장부 가진 배포排布가
그만하니 임이시오

정화수 떠놓고서 틈틈이 비옵나니
내 나라 자주독립 기필코 이루시어
사나이 그 품은 뜻을
만방에 떨치소서.

아내의 기도 2

 — 어느 시인의

칼바람 춤을 추는 동지섣달 긴긴밤에
밤새워 글을 읽고, 글 쓰는 이 임이시오
그 사랑 만공산 하니
꿈 모두 이루소서

갈라진 조국이라 하늘보기 부끄럽다!
선조의 질타 소리 가슴 쿵쿵 때린다는
우리 임 그 잠 못 드는
애처로운 심상心想이여

가슴에 별을 담고 틈새마다 기도하니
조국의 평화통일 하루빨리 이루시어
민족의 그 맺힌 한을
시원스레 풀어 소서.

한 장군

도천산 기슭에서 여장女裝한 장병들이
왜의 무리 불러들여 단숨에 괴멸하신
장군님, 아— 장 하도다
우리들의 영웅이여

해마다 단오행사 사방에서 모인 이들
자인고을* 들썩들썩 그를 기려 환호하며
목숨 건 그 호국정신
가슴마다 담아 가네

순국의 애국충정 불꽃같은 사랑이라
그 이름, 별이 되어 길이길이 빛나리니
의로운 그 삶의 흔적
자손만대 귀감일세.

* 경북 경산시 자인면

헌시
　－평화의 소녀상에 바치는

못난이
그들보다
당당하다 소녀여

소녀여
영원하다
하늘의 편이 되니

광란狂亂의
그네들보다
복 되도다 소녀여

해묵은 기도

만주벌 호령하던 백두산에 올라보니
천손天孫의 후예임이 무한토록 자랑이나
남북이 어인 말이요
통일 조국 원이로세

천지 물 솟구치어 서해바다 돌고 돌아
낙동강, 한강 물과 대동강 물 얼싸안고
어허라 다시 하나 되어
좋고 좋다 춤추는 물

평화통일 우리 소원 이루는 이 영웅이라
산맥의 끝자락인 금정산에 올라서서
치솟는 저 아침 해에
하나 조국 빌어보네

실향민의 봄

가슴의 창을 열고
기다린지 수수數數 십 년
올 봄엔 고향 소식
오고 갈 수 있을는지
남풍에 망향의 노래를
북녘으로 띄워보네

세월이 약이라며
잊혀 진다 하셨으나
강산이 또 변해도
추억 더욱 삼삼하니
애닳다 날이 갈수록
더해가는 그리움들

하늘도 무심하지
어이하여 장막帳幕인가
세상에 막힌 곳이
우리 고향 너 뿐이니
서럽다 지척에 두고도
또 못가는 심상心象이여

2017 03 01

아침 동해를 보며

파도 늘 너울너울
장단처럼 출렁이고
창파滄波 위 고깃배들 나비처럼 춤을 추며
치솟는 저 불덩이에
새 희망을 걸어보네

슬픔을 녹이누라 한결 같은 소망으로
이 땅의 평화 통일 빌고 또 빌어보는
귀향의 저 애절한 꿈들이
동해바다 불태운다

아서라 못난이들
이 바다를 탐하여도
민족의 생사고락 함께해온 아픈 역사
뗄 레야 뗄 수가 없는
독도는 운명이다.

새옹지마塞翁之馬

가난이 꼭 슬픔만 주는 것이 아니고
실패의 끝자락이 절망만이 아니라며
북방의 나귀 잃고 말 얻은
꽁생원이 증거 하네

아들이 말을 타다 낙마하여 불구 되나
전장에 끌려가지 않은 것이 천운이라
인생사, 아— 행과 불행을
누가 있어 감지하리

행운이 늘 내 편이 되어주지 않은 것처럼
아픔이 곧 슬픔만 주는 것이 아니라고
변방의 불구아들을 둔
서생원이 증거 하네.

추억이란

발자취 숨김없는
춤사위요
멜로디고

짠한 가슴 달래주는
명약이요
감로수고

창공의
저 낮별처럼
눈감아야 보이는 거

태종대의 봄

광장의 아이들이 아장아장 꿈을 심고
함께 놀자 꾸르륵 칭얼대는 산비둘기
낮달의 미소 넘치는
평화로운 풍경이여

들꽃들 울긋불긋
파도소리 찰랑찰랑
겨우내 숨죽였던 풀들이 얼씨구
눈 녹은 자리 저마다
잔치판에 콧노랠세

남해 저 아지랑이
나비 같이 춤을 추고
길손의 걸음마다 신바람을 일으키며
남풍에 꽃피운 사랑
북녘으로 띄워보네

아픈 일 슬픈 사연

힘들게 잡은 먹이 바둥대던 새끼 가젤
맛 나는 먹거리를 표범에게 빼앗기고
허기진 가슴 달랠 길 없는
헐떡이는 치타형제

무능이 빌미 되어
가족들께 쫓겨난 뒤
노숙자 틈에 끼어
진종일 취한 모습
꿈 잃은 한 사나이의
입동立冬절이 아리어라

땅 보고 길을 걷는 을乙이 된 친구들과
갑甲이라 팔자걸음 목에다 힘주는 이
세상사 눈여겨봐도
변함없는 인심이여

비나리의 추억

봄 오고 지지배배 제비들의 그 노래는
비나리, 또 한해의 안녕을 빌어주는
돌아온 흥부네 식솔食率들의
박 씨보다 귀한 사설社說

지난날의 고마움에 집집마다 문안인사
액운아 물러가라 기도하듯 읊조리던
봄 오고 삼월삼짇날은
태평성대 트이던 날

이 땅의 만사형통 제비들의 비나리에
박 씨를 물어온 듯
웃음꽃이 피어나던
고향집 그 추억들이 봄바람에 아롱이네

천둥

하늘이
우당탕탕
자명종을 울리고

가슴이
멍해지고
양심이가 콩닥콩닥

하늘이
우당탕 탕탕
화두인가 콧노랜가

야생화

바람찬 허 벌판에 홀로 핀 풀꽃이여
나비도 아니 찾고 향기도 없다마는
너의 그 당당한 모습이
별빛처럼 보배롭다

연약한 들꽃이다 이름 모를 풀 하나가
더불어 벗과 함께 울다 웃고 춤추는 이
너의 삶 그 보람찬 날들을
하늘이 축복하리

장하다 너의 모습 구김 없는 풀들이여
밟히고 내몰려도 곧은 지조 굴함 없는
너의 그 듬직한 모습이
이 시대의 귀감이다.

새 역사를 쓰며

−20170310

살아온 지난날이 어제 같은 세월인데
열 분의 대통령이 들꽃처럼 피고 졌던
일흔 해 꿈과도 같은
격랑의 역사였네

운명이 따로 있나, 해야 할일 천명天命이니
흑과 백, 공功과 과過가
뒤범벅인 한 시절이
역사의 저 뒤안길로 사라진지 오래이듯

병신년 지난겨울 촛불 속에 하나 되어
민심이 천심 같이 새 역사를 썼음이니
파면의 그 단호함에
권력 무상無常 새로웠네.

새벽별

귀로도 보는 법을 잊고 산 우리 위해
눈으로 듣는 법을 모르고 산 나를 위해
새벽별 저 환호소리 깃발처럼 펄럭인다

어둠이 짙을수록 더더욱 눈부신 별
별 중의 끈질긴 별이 어둠을 몰아내니
여명의 개벽천지는 님들의 은혜로다

새벽별 그와 같은 이 땅의 별들이여
충무공, 무명충신 수많은 의사義士 열사
하늘의 저 별이 되신 흔적들이 눈부시다.

촛불
-20161231

촛불이 타오른다
정의의 화신으로
광화문 가득 메운 우렁찬 함성들이
혁명의 불꽃이 되어
짙은 어둠 몰아낸다

동학의 봉기처럼
전국에서 일어나니
못난이 위정자들 최후까지 발악하나
빠져갈 구멍이 없다
불통이 원죄로다.

촛불이 되라하네
맛을 내는 소금처럼
한평생 사는 일에 지표인 듯 가르치니
더불어 활기찬 인생
꿈꾸면서 살라하네

병신丙申년 끝날 무렵

미망迷妄정권 뒤엎으니

촛불이 위대하다 민초들의 나라사랑

새벽별 저 노랫소리에

새 하늘이 밝아오고

김석주시조시집 1

03

—

인생사 한도 많고 못 이룬 꿈도 많은
그 세월 어제 같은 강산도 변한 세상
님 떠난 이 빈자리를
기도로 채워 보네

완행열차

설레는 3등 열차 고향 가는 정든 길에
가가호호 안부 묻듯 역마다 들러 가며
그때 그 꿈같은 날들
잊지 말자 당부일세

세월이 깜박깜박 무섭도록 빨리 가고
덩달아 세상인심 몰라보게 변했어도
생각은 완행열차를 타고
추억 속을 헤맨다네

달나라 가고 와도 가는 세월 못 막 듯이
그리운 그대 이름 지울 수가 없음이니
고향 길 되돌아갈 땐
너와 함이 제격이다.

가슴으로 보니

서산에 해가 져도 면경처럼 밝은 마음
심안心眼의 눈을 열어 어둠 속을 살펴보니
별들의 고운 노랫소리
꽃비처럼 쏟아지네

눈여겨 살펴보고 더듬더듬 다시 봐도
눈부신 면류관이 별꽃처럼 빛나는 님
꽃 등불 앞세우고서
봄소식을 전해주네

내 것이 네 것이고 네 것이 내 것인 듯
바람에 주인 없고 별빛 또한 모두의 것
하늘의 모든 보화들이
네 것 내 것 따로 없네.

반복反復의 미학

― 인생에 대하여

쉬지 않고 돌고 돌아
이 땅이
경이롭듯

창공의 저 벌새들은 1초에 백번 가까이 날개를 흔
들어 먹이인 꿀을 얻고, 저기 저 늘 푸른바다는 하루
에 약 70만 번씩이나 스스로의 몸뚱이를 모질게 후려
치는 파도를 일으켜 새로워지는 것처럼, 날마다 천주
경 30번과 성모송 300번 이상씩을 반복적으로 읊조
리는 그런 이들이 있어 세상의 자비가 구해지고 우리
들의 평화가 얻어지게 되는 것처럼

날마다
사랑의 내공內功을 쌓고 또
쌓는 것이 인생이다.

돌아보기

별들이 싱글벙글 밤하늘이 장관이고
춤추는 저 별 속에 님들의 별이 있어
잠 못 든 겨울 이 긴 밤을
추억 속에 들게 하네

역사에 눈을 두자 가난하고 착한이들
님들의 한 생애가 너무나도 애처로운
그때를 돌아다보며
남은 자가 울먹인다.

인생사 한도 많고 못 이룬 꿈도 많은
그 세월 어제 같은 강산도 변한 세상
님 떠난
이 빈자리를
기도로 채워 보네

가슴에 파고드는 별이 된 이름들과
인자하신 어머니의 눈부신 별과 함께

하늘의
저 별 모두가
사랑의 징표일세.

망부석望父石
—하느님

아버지 아니시면 뉘와 함께 살았을꼬
무능의 십자가를 벗어나진 못했지만
일러준 그 말씀들이
감사하며 살게 했네

사랑이다 아버지 자상하신 그 손길이
아픈 곳 만져주고 한세상을 다스리니
인생사 막힘이 없고
시름 모두 잊게 했지

희망의 불씨였네 님의 모습 그리면서
세상의 온갖 고초苦楚 벗인 듯 맞이하며
앉으나 서나 언제나
님과 함께 살고지고

고향에 대한 소고小考

고향이 하나라고 만천하에 고하노니
남촌과 북촌으로 고향 땅이 갈라져도
그립다 망향의 길은
자나 깨나 하나일세

손잡고 넘던 고개 생각하니 눈물겹고
고향 땅 금의환향 그런 날을 곱씹으며
더불어 우리 한세상
옹기종기 살고지고

태어난 고향이야 하나 같이 다 달라도
갈 곳은 님 계시는 꿈같은 하늘나라
아서라 더불어 살다가는
귀향길이 축복일세.

별들의 사랑

떠나온 길, 돌아갈 길
잊고서 살아왔던
그 세월 잠깐 순간
돌아보니 아득하나
하늘의
별들이 있어
길 잃지 않았느니

어느 날 꿈도 잃고
가진 것들 모두 잃고
살길이 막막하여
몸 둘 곳이 없던 시절
구름 속
저 별들을 보며
그 아픔을 이겼느니

다정한 별들이여
변함없는 우정이여
더불어 사는 인생

길동무를 자청하니
그 미소
뜻하는 것이
사랑인가 하고 본다.

사랑

새날의 빛이 되리
더불어
사는 인생

님 사랑 이웃 사랑
오순도순
사는 이들

그 사랑 저 꽃등처럼
하늘의
별이 되리

새가 있는 풍경

뒷산의 뻐꾸기 해 저문다 슬피 울고
보리밭 하늘 위에 노고지리 높이 날고
오가는 저 철새들의
노랫소리 애절하고

매서운 바깥바람
눈 덮인 천지강산
수도원 가는 길에
참새 떼 우지지고
앙상한 저 가지마다
꿈이 되어 피는 설화雪花

향나무 우물가에 파랑새 집을 짓고
종탑 위의 산비둘기 철새들의 독경 속에
하늘의 저 꽃구름이
피었다 지고 피고

환희의 길

사랑하고 있는가, 그것이 문제로다
광란의 춤사위에 변함없는 허풍세월
고독의
그 외로움 모두
사랑하고 있는가

지금 우리 서로 참 사랑하고 있는가
생명의 원천인 하늘과 땅을 사랑하고
바람찬
저 들판의 풀들을
사랑하고 있는가

그것이 문제로다, 사랑하고 있는가
고해苦海의 이 아픔 모두 사랑하고 있는가
그 속에
우리 인생의
환희의 길이 있음이니

백의종군 白衣從軍

어떤 인, 별이 되어 이름 석 자
휘날리고
어떤 인 꽃이 되어 짙은 향내
내뿜지만
세상일 알 수가 없다
고진감래苦盡甘來 배운 터라

어떤 인 부귀영화 출세가도
내달리며
목에다 힘을 주고
으스대며 뽐내지만
인생사 알 수가 없다
일장춘몽—場春夢 배운 터라

대장부 가는 길에 가난 또한
벗이 되고
더불어 살아온 길
하늘에다 보화 쌓던
님 향한 그 백의종군
대장부의 길이로다

인문학 소고小考

사는 게 무엇이고
목적지가 어디인지
어떤 것이 성공이고
지혜란 게 무엇인지
머리띠 동여매고서도
풀기 힘든 학문이다

무엇이 슬픔이고
어떤 것이 행복인지
누가 정말 부자이고
잘사는 게 무엇인지
쉬운 듯 결코 쉽지 않은
인생살이 오묘한 것

어떤 게 영광이고
꿈이란 게 무엇인지
어디로 가야하고
어떤 것이 값진 건지
인간사 헤아려보니
사랑부터 하고 볼일.

말들

격려의 말 한마디 해줄 사람 없었느니

만나고 헤어졌던 수많은 사람들, 수인사 다정했던
이웃의 사촌들과, 숨 가빴던 삶의 현장이나 학교 또
는 혈육과 같은 운명적인 만남과, 셀 수도 없는 친구
들과 사회의 지도자들, 그 속에는 선생님도 있었고 뛰
어난 전문 지식인들도 있었지만, 가난해도 잘 살수 있
다는 말, 그 벅찬 희망의 말 한마디 해줄 사람이 없었
느니, 그래서 많은 날들을 헤매었고 헤매면서 한없이
울었느니

아직은 괜찮다는 말, 듣지 못해 아팠느니

흔적

천년이 길다 해도 영원한 건 사랑이라
발자국 자국마다 큰 누이 들꽃 같은
그 향기 너무 감미로운
빛 고운 자국이여

긴 세월 흘러가도 별이 되어 빛날 사랑
비바람 스쳐가고 모진 풍파 몰아쳐도
억겁의 그 삶의 자취
변치 않을 흔적이여

도도한 역사 속에 지난날을 돌아보니
발자국 자국마다 이제야 대성통곡
회한悔恨의 그 피눈물이
넘치도록 고였어라

믿음

밤낮이 따로 없다 기도로 다가서니
님 향한 마음속에 사랑 하나 못 박히고
뵈올 날 상상을 하면
사는 일이 감동이다

시련이 생길 때나 힘겨운 일 닥칠 때나
일러 주신 말씀으로 견디고 이겨내며
세상 일 두려움 없이
뚜벅뚜벅 살았느니

이래도 한세상 그래 봐도 한세상에
인생사 둥글둥글 님의 뒤를 따르다가
영생의 복된 귀향을
꿈꿔봄이 상책이다

이치

들풀을 보낸 것도
마땅히 하늘이요
바람의 근원지도
하늘 외엔 답이 없듯
우리들 이 한 생명의
주인 또한 하늘이다

명료한 정답이다
하늘이라 생각함이
오고 싶어 온 사람
아무도 없음이요
가는 길 하늘뿐이니
그곳이 고향이다

진화론 풀지 못할
의문들이 가득하고
흙으로 빚은 것이
사랑이요 소망所望이니
복되다 하늘의 이치를
가슴에 담은이들

별들의 속삭임

가난한 이웃들과
더불어 사는 이들
별들은 그들에게 박수를 보내느니
하늘의 저 반짝이는
길잡이가 될 것이라

아주 참 서러웠고
울고 싶은 사연들과
미치도록 억울했던 순간들이 길이 되고
우리 삶 그 영광의 길은
그렇게들 열리느니

참됨을 사랑하고
옛 친구를 반기면서
더불어 오순도순 어울려 사는 이들
별들은 그들을 반겨
하늘 길을 열 것이니

봄 어느 날의 새벽

꿈인 듯 들려오는 새벽 성당 종소리에
기도로 시작되는 은혜로운 하루일과
창문을 활짝 열고 보니
봄소식이 가득하다

오늘 또 벗을 만나 사는 얘기 주고받고
매화꽃 꽃비 속에 콧노래도 불러보며
풍성한 꿈 한 다발을
봄바람에 띄워보리

첫차를 기다리던 젊은 날의 추억들이
가난도 사랑이란 깨우침을 주었음에
새벽잠 박차고 일어나
감사기도 올려본다.

인생길

한 고개 또 한 고개
넘을수록 힘든 고개
험한 길 흥얼흥얼
넘고 또 넘다보면
인생길
기쁘고 복된
그런 날도 오가는 법

가난의 세월들이
부끄럽고 무서웠던
길고 긴 타향살이
지난날을 돌아보니
참아낸
그 아픔들이
내 인생의 보배일세.

전언傳言

슬픔도 순간이요
행복 또한 착각이고

성공도 실패 또한
접어봐야 아는 인생

영광의 삶이란 것도
가서 봐야 안다 하네

보름달

정겨운 어머니의
해맑은 얼굴이고

새 각시 신행길의
웃음 띤 환한 미소
유년의
그 화려했던
꿈이고 추억이다.

봄 처녀의 부푼 가슴
풍요로운 소망이고

영원히 변치 않은
인자하신 아버지
님의 그
우직한 사랑의 징표이다
보름달

이순耳順

님 이다, 하고 보면 모든 것이 사랑이라
자상한 그 손길을 깨닫는다 말하여도
한치 앞 세상일 몰라
진종일 허둥대네

더불어 사는 것이
사랑이라 믿고 살던
타향살이 지난 세월
은혜로 가득하니
다시 또 그대와 함께
옹기종기 살고지고

그럭저럭 지난 세월 악착 같이 살았어도
인생이 무엇인지 나갈 길이 막막하여
오가는 저 철새들을 보며
하늘 길을 묻는다네.

04

님이 또 그리울 땐
두 눈을 감는다네
눈을 꼭 감고 보면
어머님이 웃고 있지

인생에 대한 소고

추석이 다가오고 오곡이 익어갈 때
가로수 은행나무 길바닥에 꺾인 가지
가만히 들여다보니
열매 너무 달았더라

부자는 부자일 뿐 잘사는 게 아니라던
스승의 가르침을 이제야 알듯 말듯
무엇을 거둘 것인가
그것이 문제로다

사방은 유혹천지 오색등이 난무하고
복福과 화禍 알 수 없는
뒤섞인 회색시대
그래도 사랑의 흔적, 그거 오직 빛나리니

봄을 위한 노래

북소리 울리어라 징소리 더 높이고
등불을 밝혀 들고 짚불을 지피어라
저기 저 새로운 봄이 오고
우리들의 세상이다

풀들아 노래하고 목청을 돋구어라
은혜의 환호소리 방방곡곡 우렁차니
남풍의 그 따스한 손길이
뭇 생명의 원천일세

쇠 나팔 울리어라 장고소리 더 높이고
제비들 돌아와서 문안인사 다정하니
시름 다 내려놓고서
잔치 한판 벌려보세

그리움

님이 또
그리울 땐
두 눈을
감는다네

눈을 꼭
감고 보면
어머님이
웃고 있지

님이 또
보고플 때도
두 눈 꼭
감는다네.

고향의 봄

목련꽃 새하얀 그리움의 속살처럼
만지면 터질듯 한 유년의 그 향기에
천리 길 멀다 않고서
단숨에 달려온 길

하늘엔 님 인 듯 꽃구름이 춤을 추고
보리밭 머리 위에 우지지는 노고지리
복사꽃, 하얀 능금꽃에
들꽃들이 피고지고

숙이도, 코 흘리게 철수도 없는 마을
그리운 얼굴들을 그렸다 지워보는
고향의 이 봄 들녘에
넘실대는 추억이여

가난 속에 피는 꽃

민초의 삶이라는
지난날을 돌아보니

한 많은 그 세월에
당하고만 살았어도

가난도 사랑이란 걸
깨우치어 복되었네

세상일 모든 것이
생각키에 달렸다는

그 말이 틀림없다
지난날을 돌아보니

이제야 웃음꽃들이
가난 속에 피고지고

전화

전화기 들고 사는 첨단문화 속에서도
반가운 안부전화 그 목소리 눈물겨운
애잔한 수인사 몇 마디가
잠시 시름 잊게 하네

봄여름 가을 가고 겨울 이 기나긴 밤
초저녁, 잠을 자고 새벽녘에 잠이 깨니
회한悔恨의 그 추억들이
토닥이던 아린가슴

친인척 여동생의 안부전화 받던 날은
진종일 흥얼흥얼 콧노래를 불렀다네
오빠야! 그 한마디가
모든 번뇌 씻기었네.

호수湖水

고高 산속 청정호수 하늘을 품었어라
설산의 처녀봉이 유유자적 노닐더니
에루화 꽃구름들이
너울너울 춤추는 곳

감출 수 없는 것이 추억이요 자국이라
속내를 털어놓은 지난밤의 별 동무와
낮달의 가없는 마음이
어우러져 눈부신 곳

철새들 품어 안고 아침 해를 보듬고서
세상의 거울처럼 반짝이던 네 모습이
시름에 겨운 나그네를
벗 임인 듯 반겨주네.

고희古稀

이제야 인생살이, 보는 눈이 트인 걸까
고개 또 높은 고개 넘고 넘던 추억들이
서해西海의 저 황혼처럼
타는 듯이 눈부시네

때로는 사랑인 듯 아쉬웠던 세월 속에
낭만을 먹고살던 그때 그 청춘들이
밤하늘 저 별빛 같이
가슴속에 피어난다

이제야 세상살이 그 이치를 깨달은 듯
눈감으면 아롱이는 살아온 날, 살아갈 날
아서라 태평성대는
생각키에 달렸느니

20151231

어머니의 미소

그 모습 영원하다
박꽃 같은 함박웃음

눈감으면 생시인 듯
젊은 날의 그 모습이

잡힐 듯 아롱거리는
별꽃 같은 추상화여

꿈속의 인연

꿈속의 원효스님 일어나라 소리치며
금강산 돌아보자 두 손을 내미는데
어쩔까, 갈 수 없다는 말
그 말 차마 못하였네

동서남북 원수처럼 갈라서서 앙앙대며
한겨레 한민족이 갈기갈기 찢겨지는
망국의 이 사색당파
민족혼이 노하노라

출생지가 같다 해서 찾아준 인연인데
사는 일 각박하여 한치 앞도 몰라보는
우리들 사는 세상이
부끄러울 따름이다.

봄

가슴에 담아뒀던 그리움의 씨앗들이
피었느니 들꽃으로 풀들이 승리한 날
민초民草의 위대한 승전보를
만천하에 띄워보네

풀들이 경이롭다 한결 같은 마음이여
말없이 기다리며 기도해온 그 정성이
세상을 바꾸었느니
인고忍苦의 세월이여

간밤의 어둠들이 새벽 별에 쫓겨나고
처마 끝 풍경소리 신바람을 일으키니
계절의 듬직한 사랑이
우리생명 원천일세.

새벽길의 단상

바람소리 보채어서 새벽잠을 깨고 보니
어둠의 무리들이 허둥지둥 쫓겨나고
새벽별 문안인사에 복된 날이 밝아오네

어둠이 짙을수록 별빛 더욱 눈부심은
나누고 비움으로 새 세상의 등불 됨이
만고의 진리란 것을 온 세상에 말함이니

여명의 불빛이다, 새 희망의 손짓이다
치솟는 아침 해와 탑돌이 그 정성에
멀리서 봄 오는 소리 지축을 울리느니

이중섭

애닯다, 천재 화가
그 미소가 애처롭다
황소와 아이들과
푸른 바다 게와 놀고
가난을 길동무처럼
손 맞잡고 살았느니

배고팠던 피난 시절
매축지에 꿈을 심고
창공에 수를 놓던
화려한 예술혼이
이제야 별처럼 반짝이니
그 사랑이 눈물겹다

자국마다 꽃이 피고
그 향기 감미롭다
소달구지 타고 가던
이삿짐엔 함박웃음
은박지 그 가난함이
하늘 문을 열게 했네.

2017 04 05

꿈속의 어머니

간밤에 어머님이 꿈속에 오시었네
새하얀 비단옷에 천사 같은 그 손길로
못난 이 자식을 보며
더운밥을 지으셨네

한마디 말씀 없이
밥상을 차리시곤
나비처럼 너울너울
춤추며 떠나시던
해맑고 곱던 그 얼굴에
미소 가득 넘치었네

자식 따라 타향살이 한도 많은 인생살이
세상구경 잘했다며 불효자를 용서하신
꿈속의 그 어머님이
달님 같이 환하였네.

세월

출세고 권력이고
세월 앞엔
장사壯士 없고

겨울 그
칼바람도
정情의 벽은
못 뚫느니

칼보다
무서운 것이
세월이요
정리情理일세.

동백섬의 봄

신라의 고운孤雲선생 체취 가득 묻어나는
해운대 동백섬에 봄이 다시 찾아오고
풍경에 감탄을 하며
넋을 놓는 상춘객들

저 멀리 동해 미포 유람선이 가고 오고
오 륙도 그림 같은 바닷길을 돌다보면
어느새 시름 모두가
썰물처럼 빠져가네

웅장한 광안대교 이기대를 바라보며
동백꽃 아낌없는 그 향기에 취한 걸까
멀리서 봄 오는 소리
가슴 쿵쿵 뛰게 하네.

추억 2

겨울밤
친구들과
옹기종기 둘러앉아
옛 얘기 한 자락씩
주고받던 이야기에
유년의 꿈이 영글고
청춘이 익어가고

긴긴밤
홀어머니
밤늦도록 물레 잣고
철없이 베고 누운 어머니의
여린 무릎
이제야 돌아다보니
불효자가 따로 없네.

가난의 항변

몹쓸 것, 하지 마오 손사래도 치지 마오
감사할 줄 아는 마음, 만족할 줄 아는 인생
가난의 그 아픔 속에
삶의 길이 있음이니

작은 것의 소중함에 더불어 사는 인생
정주고 오고가며 함께 울고 함께 웃던
이 보다 더 값진 삶이
어디 또 있음인가

꽃길이라 자랑 마오, 부귀영화 쫓다보면
가는 길 잃게 되니 어찌 하리 소탐대실
아서라 더불어 사는 이들
그 사랑이 위대하다.

소꿉놀이

양반을 네가 하면 말뚝이 내가 하마
인절미 시루떡에 개떡도 좋고 좋다
재미난 그 소꿉놀이
겨울한파 녹여냈지

꼬까옷 각시놀이 잔치판을 벌이면서
딸 낳고 아들 얻어 손잡고 춤을 추며
고깃국, 하얀 이밥을
황토로 빚어냈지

처마 밑 양달 진 곳 우리들의 천국이요
나누어 먹고 입고 더불어 사는 세상
어릴 적 소꿉놀이가
한 평생의 꿈이 됐네.

숲속 음악회

노래 참 가슴 짠한
옛 노래를 듣고 본다
바보처럼 살았다는
노老 가수의 고백과
사랑이 메아리칠 때
그대에게 띄우는
꿈같은 노랫말에
저 하늘의 별들이
와르르
꽃비처럼 쏟아지던 숲속의 밤
노래 참 감동적이었고
국악반주 놀라웠다.

노래 참 눈물겨운
옛 노래를 들으면서
짠해진 가슴으로
밤하늘을 바라보니
별들의 그 미소 고운
사연들이 눈부시고

노래 그

추억어린 노래 따라 부르면서

그때 우리 눈물겨운 순간 모두가 별이 된

님들의

애달픈 사연들을

가슴 안에 새겨본다.

구름

저 하늘
바라보라
저기 저 흰 구름 떼

더불어
살다보니
나비처럼 가벼운 몸

꽃구름
저 뜬구름들
돌아보니
허공 일세

3월의 노래

3월이라 봄이 올까 웅성이는 이 들판에
폭설이 웬 말인가 억장이 무너지고
어쩔까 흥부네 제비
날아오다 돌아가면

얄미운 꽃샘바람 무소불위 동장군에
무참히도 짓밟히는 이 땅의 풀들이여
하늘만 바라다보는
그 눈빛이 애처롭다

남풍에 아지랑이 들꽃들이 필 듯 말듯
탑돌이 지극정성 새벽 별들 콧노래에
여린 그 가슴저마다
웃음꽃이 필 듯 말듯

김석주시조시집 ① ─────────────────────

05

—

세월이 쏜살같아 어느새 황혼이고

무서리 내리던 밤 뒤척이던 선잠 속에

보고픈 그 얼굴들이 손 흔들며 반기었네

겨울바다

가슴이 미어지어 겨울바다 찾았더니
갈매기 춤을 추며 아픈 사연 달래주고
다정한
저 파도소리
벗임 인 듯 반겨주네

매몰찬 북서풍이 세차게 몰아쳐도
꽃구름을 얼싸안고 유유자적 노니는 이
황혼의
저 여유로운
변함없는 장관이여

당당한 겨울바다 그 모습이 듬직하여
세상사 힘겨운 날 벗과 함께 찾았더니
물 위의
저 밤 별들이
화두話頭 인 듯 춤을 추네.

겨울바다 2

파도 늘 웅성웅성
노래하는
갈매기 떼

포구엔 인적 없고
칼바람만
으스대고

황혼의
저 노을 속엔
추억 홀로 눈부시네.

윷놀이

아내는 도 쟁이, 손주 놈은 모 쟁이
한편 먹은 손주 덕에
웃음꽃이 피어나고
얼큰한 음복술 한 잔에 신바람이 절로난다

윷놀이 왁자지껄 춤판도 벌어지고
도에서 뒷도라니 운수대통 빌어보며
더불어 창창한 날들
옹기종기 살고지고

개 쟁이 큰사위에 외손녀는 윷 쟁이
집안이 들썩들썩 설날이라 복되나니
간만에 활기찬 인생
사는 맛이 새롭다네.

입동立冬

민들레
꽃핀지가
어제 같은 세월인데

어느새
들꽃들이
무서리를 이고 서서

세월의
그 덧없음을
백발로서 말을 하네.

겨울 신바람

북풍이 몰아쳐도 시집가고 장가들고
아이들 뭇 재롱에 웃음꽃이 피어나고
다듬이, 서당 글소리에
겨울밤이 익어가고

간밤에 내린 눈에 설화가 만발하니
도시고 농촌이고 하나같이 밝은 세상
우리들 또 한 세월에
축복 같은 징표일세

님 이다, 사랑이요 오고 가는 정이로다
더불어 사는 세상 우리들의 소망 위에
여명의 북소리 울리며
신바람이 불어오고

낙방거사

딩동 댕
그 소리에 한이 쓰린
낙방거사
노래자랑 예심을 보며 홍도야 울지 마라
땡 해도 멈추지 않은
그 곡조가 애절하다

억장이 무너지고 살아 갈길 막막할 때
혼자서 불러보던 추억 속의 그 노래들
삶의 길 열어주었던
신명어린 옛 노래여

땡 해도 나는 좋아 봄날도 가고지고
인생길 구비마다 숨 가빴던 중중모리
오늘도 저 낙방거사
굳세어라 금순아다.

겨울 추억

호숫가 빙판에서 팽이치기 술래잡기
어울려 오순도순 사슴같이 쏘다니며
찬바람 모진 그 세월
그렇게들 이겨냈지

눈 위에 시린 발로 꽃무늬를 찍어내며
눈사람 굴려굴려 자치기에 썰매 타기
허기진 그 서러움도
그렇게들 참아냈지.

칼바람 몰아쳐도 시집가고 장가들고
에루화 웃음바다 모두가 하나 되어
이틀이 멀다 하고서
잔치판이 벌어지고

동짓달 긴긴밤엔 사랑 얘기 꽃피우고
별들과 노래하고 고운 꿈 함께 꾸며
새로운 우리들의 봄을
그렇게들 기다렸지.

저녁바다 3

황혼의 밤이 깊고 무서리 내리던 밤
님인 듯 방긋방긋 별꽃들이 피어나는
초겨울 저녁바다에
어둠이 짙어오고

아이들이 제각기 모래성을 쌓고 놀며
아무도 파도소리엔 귀담아 듣지 않고
쌓았다 허물고는 또
높이 쌓던 공든 탑

그 추억 간데없고 변함없는 파도소리
인생의 진정성을 침묵으로 말하는 듯
호젓한 저녁바다에
꽃구름이 피고지고

남촌

네가 거기 없었다면 봄이 어찌 돌아오고
벌 나비 들꽃들을, 또 어찌 다시 보며
네 없이 우리들이 어찌
그리움을 노래하리

풀들이 친구였고 들꽃들이 꿈이었던
어린 날 그 시절의 좋은 날들 떠올리니
봄이다 동장군을 몰아낸
장군 중의 장군이여

네가 거기 없었다면 제비 어찌 돌아오고
매서운 칼바람을 무엇으로 막아내며
비나리 국태민안을
뉘와 함께 빌어보리

정

가는 정
오는 정에
더불어 사는 세상

이보다
값진 것이
세상에 또 없느니

하늘에
보화 쌓는 일이
사랑이요 정이라네.

단풍놀이

금강산 물들이고
일만 고개 넘고 넘어
설악산 대청봉에
봉화 불 밝히더니
태백산 저 굽이마다
황금 물결 너울너울

세월이 쏜살같아
어느새 황혼이고
무서리 내리던 밤
뒤척이던 선잠 속에
보고픈 그 얼굴들이
손 흔들며 반기었네

뒷산에 단풍놀이
아내 손, 잡고 가니
더 높은 하늘 위에
꽃구름이 반겨주고
오가는 저 철새들이
부리운 듯 우지지네

초겨울 어느 날

간밤의 고추바람
무서리 내리던 날
둘러보니 빈 들녘엔
낙엽들만 나뒹굴고
오가는 저 철새들의
구슬픈 노랫소리

시름에 겨운 걸까
새벽녘에 잠을 깨니
바다 저 멀리에서
물안개가 밀려오며
춤사위 하늘로 향하면서
복된 길을 일러주네.

꿈길

밤새도록 동분서주東奔西走
님 찾던 꿈길이여
헤매고 헤매다가
고향 집에 당도하니
이곳이
무릉도원이고
행복의 둥지였네

산 넘고 물을 건너
행복 찾아
떠돌던 길
세상의 모든 사연
모든 인연 소중하듯
영생의 꿈같은 얘기도
새겨보니 길이 되네.

나그네

머리 위 둥근달이 대낮처럼 밝아오고
홀로 앉아 지난 세월 꿈길인 듯 되새기니
나그네 그 추억들이 별빛처럼 반짝이네

이곳이 어디인가 천리타향 남해바다
인어공주 간데없고 붉게 타는 저녁노을
흘러온 그 세월들이 황혼 되어 춤을 추네.

가파른 고갯길에 거친 파도 말도마라
타는 이 가슴안고 넘고 또 넘어온 길
발길이 닿는 곳마다 님이 있어 복 되었네

나그네 길이 먼데 길동무는 간데없고
정주고 갈 곳 없는 타향살이 서러워서
쓸쓸한 겨울 이 한밤을 한잔 술로 달래보네.

망향의 노래

가난이 부끄러워 고향엘 못가다가
자가용 없어서도 귀향길이 멀더니만
세월이
흐르고 보니
타향 같은 고향일세

부음을 받고 보면
또 한 친구 길 떠나고
옛집도 문전옥답
사라진지 오래지만
그 향기 못 잊는 것이
고향이요 추억일세

망향의 하늘이다 변함없이 다정한 것
꿈속의 뒷배경도 어느 때나 초가삼간
그립고
보고플 때마다
두 눈 꼭 감는다네.

추억 찾기

노을이 짙은 바다로 나가볼 일이다
그리움에 우직우직 가슴이 타오를 땐
오가는
철새들의 얘기를
귀담아 들어볼 일이다

별들이 노닐다 떠나간 자리
자리마다
풀꽃들이 피어 눈부신 강나루 가는 길
님 들은 간대가 없고
추억들만 나불나불

무서리 허옇게 내린
들판으로 나가볼 일이다
누군가가 한 없이 그립고 그리울 땐
뒹구는 저 낙엽 속을 멍하니
걸어 볼 일이다

봄 노래

봄이다
메마른 들판에 단비가 오고
따스한 님 손길에
춤추는 산천초목
더불어 생기 넘치는 은혜로운 계절이다

나비들
덩실덩실 꽃노래 불러쌓고
강변의 물안개도 좋고 좋다 춤추는 봄
먼 산의 저 참꽃들이
함께 놀자 손짓하네

북치고 장고치고
씨름판에 화전놀이
쌍그네 청춘남녀 춘향전이 따로 없던
오월의 단오 절기라
신바람이 절로 난다.

소풍

(1)
봄이다
새날이고 새 세상이 열리던 날
나루터의 뱃사공이 콧노래 흥얼대고
좋아라, 풀들이 춤추며
온몸으로 반겨주네

산이다 산도 곱고
들에도 함박웃음
님 사랑 넘쳐나는 바다도 좋을씨구
잔디밭 저 아지랑이
함께 놀자 성화 일세.

(2)
들국화 고운향기
가을하늘 쪽빛 파도
피었다 지고 피는 저기 저 꽃구름과
더불어 손에 손 맞잡고서
쌓인 회포 풀어보세

쨍과리 울리어라
장단소리 더 높이고
인생살이 소풍 길에 신바람이 따로 있나
오가는 이 한잔 술에
어깨춤이 절로난다.

지난겨울의 추억

– 20170310

불이다
촛불이다
풀들의 함성이다

민심을 속이다니 억울하고 분하였고. 가려졌던 하늘이
만천하에 들어나자 민초들 스스로가 불꽃 되어 타오르며
오만했던 위정자들 가차 없이 몰아냈던. 풀들이 승리한
날 위대한 혁명이다

병신丙申년
겨울 그 매섭던 날
새 역사를 썼음이여

세월호 참사*

세월이 흘러가도 잊지 못할 순간이고
이해 정말 할 수 없는 분노이고 슬픔이다
세월이 흘러갈수록
가슴 더욱 미어지는

그리운 얼굴이다 눈감으면 떠오르는
그때 그 고운 모습 하늘에다 새겨 봐도
좀처럼 헤어날 수 없는
아픔이고 충격이다

살인이다 미필적 고의, 모두가 죄인이고
멀어진 선진국에 부끄러운 나라 망신
돈으로 해결할 수 없는
배신이고 절망이다

* 2014년 4월 16일에 있었던 해상침몰 사고(304면 사망)

훈수

바보처럼
욕심도 없지
그 깐 것을 탐하다니

그런 자리, 그런 것들
되고 보나 갖고 보나

언젠간
다 버려야할
허상이라 일렀느니

도천산到天山

  – 하늘에 이르는 산

산이야 나지막이 높지 않고 아담하나
오르면 하늘나라 이른다니 신기한 산
이 땅에 그런 산 하나
있다는 게 경이롭다

해님과 더불어서 별들과도 어울리고
밤마다 칠 선녀들 노닐다 간다는 곳
좌청룡 저 우백호에
산세 한번 일품 일세

도천산*, 은혜로운 그 이름이 신비롭다
숨 한번 크게 쉬고 올라서서 둘러보면
잡힐 듯 하늘나라가
머리 위에 떠있다네

* 경북 경산 자인면에 있는 야산